夏菁　著

獨行集

詩人夏菁第十本詩集

第一輯

第二輯

第三輯

第一輯

獨行

在四顧茫茫的雪地
一個人踽踽獨行
沒有風，也無鳥啼
唯有雪的寧靜

我闖入一片林裡
只聽到自己的跫音
車聲已遠在天際
我有顆不競的心

回頭所能看見

一徑鴻爪般的腳印
這些能否留到明天
誰也不能肯定

也沒有什麼理由
踏上這一條僻徑
現在，已快到盡頭
無悔，靠一點自信

二〇〇五・四・十四

春之來

春之來
自陣陣迎面的風中
柔柔像紗帕的戲弄

春之來
從停停歇歇的雨裡
絲絲將新綠梳洗

春之來
在千呼萬喚的中途
鬱金香終於出土

在冰雪初溶的溪裡
春之來
汩汩似我的脈息
在眼前，耳際和唇邊
春之來
若詩的不可避免

二〇〇三・四・十二

春雪

春雪夾帶著和靄的氣氛
灑落著片片的柔情
假如對嚴冬你感到厭棄
現在會掀起再生的歡喜

在這一年開始的時光
總會有一種希冀和渴望
不管今年會帶給我們
什麼樣的喧鬧或繽紛

此刻，世界是如此靜謐

遠遠只聽到微風的呼吸
可是，它短得像一幕啞戲
受不了太陽的逼視和妒嫉
看著一片片落地即融的雪花
今生今世有什麼可以真正留下？

二〇〇七・五・十五

紫丁香盛開

紫丁香在園中盛開
一年一度的企盼
那暗香飄走我的構思
撩人的還有她的色彩

一簇簇細緻的十字星
紫紅色平添浪漫的氣氛
僅僅也只有這麼幾天
色褪了還要等到明年

春天為何要向人挑戰

這麼短暫，卻這麼姣好
我不怕自己將垂垂老去
只惋惜看花的日子更少

二〇〇三・五・三十

春的誘惑

早春飄盪著一片歡喜
盈盈的是冰雪的新生
柔柔的是嫩柳的髮辮
風在空中逗著風箏
是你的心、在鞦韆

就是那斜斜的細雨
也跳著芭蕾的足尖
輕盈地踩過湖面
一圈圈的漣漪
卻說是魚群在呼吸

不需要萬紫千紅
這片乍暖的春光
已夠使你心慌
無所不在、日夜滋長
在田野、在樹上
他像一個頑皮的學童
無端地闖入你的瞳孔
闖入你的潛意識
使你抬頭望著窗外
想和他一起
做一個逃學的小孩

二〇〇六・五・五

夏的鬱悶

細碎的鳥聲己編成組曲
鳴蟬和池蛙開始輪唱
當荷花亭立在田田的葉間
一種初熟的色彩已經綻放

看著紅蜻蜓和綠蜻蜓
學會了蜂鳥的特技
吻吻飛飛、飛飛停停
心中也會忐忑不定
像少年成長的一段日子
有種無奈、抑鬱的心情

星光下的冷頻已遠
荷池旁也少餘香
度著炎炎無盡的日子
心裡總覺得有些惆悵

還是在南風中薰薰睡去
隨著地上的一團鬱氣
膨脹升起、升起膨脹
最後凝成了、無端地
夏雨一場

二〇〇六・九・三

貓頭鷹

後院的楊樹上飛來了一隻貓頭鷹
無聲無息、他無視於四周的雀聲
那安然的神態，使我不想驚動
我不知他在想什麼，諒他也同

活了八十個春秋，我從未一見
這究是一個好兆、或是警戒
孩提時聽到他咕咯咕咯地呼叫
不讓他數清，我弄亂了眉毛

年輕時只有聽說、或在書中讀過

他是西方的智者、東方的鬼魔
不管有害有益、幸運或是不祥
我從未親眼看到過他的模樣

成年後東奔西走，以四海為家
很少有聽風、聽雨、聽鳥的閒暇
現在雖然有漫長、炎炎的日子
消褪了！往日的興致和遐思

忽然間、他飛進蒼茫的暮色裡
不知道他暗示什麼或有任何寓意
我不會像他般、就此悄然而逝
是好是壞、再留下一首小詩

二〇〇六・十一・十

窗前的白楊

窗前有一棵白楊樹
在秋風裡瑟瑟作聲
不知道他在絮絮些什麼
我常常是聽而不聞

他的葉片是小小的心臟
樹身上有一隻隻眼睛
也許他看到我在燈下凝思
我卻不能領會他的關心

他似乎在說：秋天太短
金色的葉片已快掉盡

或許他在暗中羨慕著我
降雪時有一個屋頂

我倒是十分妒嫉他
葉子掉盡還可以重生
春往秋來，我會老去
有一天見不到我的蹤影

他原自雪山皚皚的溪邊
我還自亞熱帶的森林
兩棵移植的樹不期而遇
一個怕長年輪、一個無根

二〇〇七・十二・十五

註：白楊（Aspen）栽在海拔不高之處，壽命不長。

秋的捕捉

蘋果已經結得纍纍了
青中透紅、紅中帶黃
引起你伸手的慾望

還是先坐下來
慢下來、望望
南山的霽色、欣賞
日夕佳的天氣
天地是一塊紫水晶
你的流暢漸被固定
空中透著一絲涼氣
心裡也添了些愁意

還是多一點哲學
少一些輕狂
多一杯菊花茶
少一次舉觴

夏日的鬱鬱已遠
走向楓紅的山谷
這是狩獵的佳節
你啊，卻用心去圍捕
用眼去射擊
隨手舉起一株
溪邊的白茅
突然、騰空而去
一隻斑鳩的飛逃

二〇〇六・十二・一

冬的獨白

雪山是自己的寫真
皚皚地覆蓋著
頭上的一片森林
也蓋著，山的餘溫

蓋不了的卻是山谷裡
零星的回憶
它們是殘餘的溫泉
間歇地蒸騰
有熱氣、沒有語言
有語言、沒有關連
一種獨白式的片面

凡是故事總要說上幾遍
在火爐熄滅之前
在坐椅搖晃之間
倘若沒有圍繞的聽眾
在假想之中
也會有一隻聽話的鸚鵡
和一座藐藐的山峰

明春將會怎樣
自己一直在嘰咕
一直在盤想著——
冰雪，會壓抑多久？
溪水，會何日重流？

二〇〇七・二・六

天籟

在路邊的一棵松樹上
一隻啄木鳥咚咚作聲
我不忍打斷它的節奏
看它如此地認真

只是猜度它：在求偶
還是在冰雪中求生
也許只是老年的自娛
在歲尾敲打迎新

這年歲已趨靜寂
唯獨它振奮我心

從那弱小的胸膛裡
我體會到熱血奔騰

我也在一棵無形的樹上
敲打著節奏終身
那聲音如此微弱
過路人從未細聽

哈代曾寫過〈冬夜的畫眉〉
佛勞斯特有一首〈請進〉
是文字都不能詮釋此景
還是再聽聽天籟之音

二〇〇六・三・二十八

註：哈代（Thomas Hardy），英國詩人，寫有一首詩〈冬夜的畫眉〉（The Darkling Thrush）。佛勞斯特（Robert Frost），美國詩人，寫有一首〈請進〉（Come In）。都是感人的名作。

車過冰湖

車道轉彎處忽然瞥見
白茫茫的一隻盲眼
看起來似曾相識，只是
想不起他的名字

哦！去夏我曾到過那裡
綠汪汪、眼波依依
現在卻蒙上白內障一層
毛玻璃透不出真情

這種想法，也許錯在我自己

人老去，總愛和從前相比
湖還是湖，哪有什麼改變？
到現在，我也有很多盲點

不久，春風會在一夜之間
將湖水的心結一一化解
我妒嫉他享有這種輪迴
心中又不禁感到慚愧

二〇〇九・一・一

雪景遠眺

雪片靜靜地落下
密密麻麻
將空中的污染沉澱
將原野催眠，漸漸
連噪音也銳減

遮蓋了千山、人跡
瑩瑩寂寂
文明倒溯了一千年
柳宗元的寒江獨釣
忽映在腦際、眼前

二〇〇八・二・二十一

午後小息

坐在日光下
一隻綠色的長椅上
閉目入定

先是一對比翼的白鴿
飛來腦空巡迴
四肢鮮紅的溪流
像百川回歸
漸漸，一片起伏的藍海
在肺腑間徘徊
最後，有一隻迷幻的

黃蝶，一閃一閃地
落在岩石上不飛

這一切的色相
忽被一片漫天的金霧
頃刻間遮蔽——
這是幕與幕間的休息
涅槃的實驗
暫時的圓寂
或是，復活的重演？

二〇〇六・八・九

日子

有人說：日子默默地走過
像一列無言的托缽僧
或是：一行掠空的飛雁
忽去得無蹤無影

我以住走過的日子
也都是沙灘上的足跡
雪地裡的腳印
一生多逆水行舟
看不清前面的巫山幻景
只聽到船下的滄浪水聲

從前，也有過些日子
陳列了苦楝和想思
摻和著合歡與忍冬
現在再回首前塵
風過後樹梢的寧靜

二〇〇六．八．三

沒有風的日子

沒有風的日子
雲，不再飄逸
鳥聲不颺
我屋簷下的
風鈴，不叮叮作響

口哨也頻吹不起
遐思不再
信差不來
昨日的激情已矣
只好將風箏掛起

沒有風的日子
也沒有詩

一切似墜入夢底
只待一聲呼喚
只等一絲信息

二〇〇四・七・十四

風，從梧桐葉中

——一首可唱的歌

風，從梧桐葉中
吹向東。我曾有過
一個美夢，像每個孩童
長大後，扯起了篷
五湖四海，隨著那
習習微風

風，從梧桐葉裡
吹向西。我帶著一身

水手的睏疲，回歸陸地
那風、那雨
那山、那水，不過是
偶然回憶

為什麼幼時愛仰望天際
現在，卻不時懷念起
孩時的種種？
不管，風從梧桐葉間
吹向那裡；不管，風
吹向那邊

二〇〇六・四・六

水鵓鴣

不論在地球的那一邊
聽到水鵓鴣的傳呼
我就出神地
回到江南的神祕

當花廳裡的方磚冒汗
庭柱的礎石流淚
咕——咕——咕咕
我望著窗外，只見
汪汪的水田一片

它不在瓦片如鱗的屋脊
也不在玉蘭樹的花間
咕——咕——咕咕
難道發自遠山的塔尖？

當一條水蛇游過青石板
兩隻白鷺在低空急旋
天色便急速黑下來
蒲松齡的白狐似要出現

咕——咕——咕咕
那啼聲雖已遠去
頃刻間，懸在半空的
那隻大水囊，嘩啦啦地
被刺破一線

柳枝如雨刷般拂拭窗前
咕咕——咕咕
就這般、水鵪鴣飛進
我少年的詩情幻景

二〇〇六・十二・三十一

短歌
——回想兒時江南

【一】

一隻雄糾糾的
大公雞，每天立在花壇之上
當天空剛泛出紅暈
蚊雷嚶嚶

突然，他唱出開天劈地的
第一聲，對著月洞門
上方寫著：東昇

【一】
晴落管裡
落下一片白色的
蛇皮。白娘娘的化身
在我家屋頂？

也許，許仙就坐在
昨午的拱橋上
撐著傘
顯得萬般無奈

【二】
雷打得陣陣驚魂
我下意識地盯著
書房昏暗的角落

門後的動靜
書桌之下

忽然間，毛骨悚然
一隻飛逸的白貓
豈是傳說中的狐仙？

【四】

細雨霏霏不止
我枯坐在小樓上
水鵜鴣叫個不停

我望著遠山出神
嚮往山後的晴川歷歷
昨日剛讀過的唐詩

一聲賣枇杷的叫喊
把我從憧憬中喚還
鎖回濛濛的梅雨裡

【五】
說到井，好似
都有一則悲慘的故事
那些苦命的阿姨們
留下世間最淒麗的背影
當時不懂這種感情
只覺得故事很動聽
每次經過一口枯井
我都要想探過究竟

【六】

牆上爬著一條四腳蛇
一根活生生地尾巴

大人說：那尾巴
會鑽進你的耳朵
假如你不聽話

我每晚將蚊帳四邊塞緊
不管這話是真、還是假

【七】

一個傍晚，西天顯出恐怖的
血色。在警告什麼
是狂風？是豪雨？

祖母說：是兵燹之災
從前長毛來時
也有這類預兆

我記得，唉！
這是一九三七年夏天

【八】
午夜乘涼
大人們揮著團扇
我追撲流螢
也想拍下天上的星星

我是在等皎皎的月鏡！
但不記得這方小小的天井
有幾次能把它框住

每當皓月中天
我已經被迫
進入睡鄉

【九】

和同學們高唱
「青天高，遠樹稀」
眼前一片蕭瑟之景
當唱到「西風起兮，
群雁飛」淚落不禁

這首兒時的驪歌
這片茫茫的離愁
一直還錄在
我遲暮的心頭

【十】

冬至前，傭人們
在推著石磨，磨米粉

我搶著也要試試
推幾回已感乏力

她們說：你息息吧！
「在造今冬的雪啊！」我回答

【十一】

吃過年夜飯
盛一碗米放在臥室裡
我問：這是給誰的呢？
大人不答理
我又說：喜神們已各有供品

還有什麼神仙在房裡？
大人還是不回答
只聽到樑上吱吱喳喳

【十二】

幼時，當我仰望藍天
有白鴿和金琴出現
這是什麼樣的啟示？
或僅是我的遐思？

也許，這幻象會
留到最後
當我眼有白翳
也乏詩意

二〇〇九・十・一

八十是一片彩雲

八十是一片彩雲
在西天與落日爭輝
人人仰望、人人讚美
再回首，已沒有蹤影

八十也是剎那的鳥聲
在半空呼嘯而逝
從哪裡開始、哪裡為止？
要辨認，已不能認清

到了八十這個年紀

會變成雪人一尊
渾圓、微胖、親和
每個細胞都有凝聚性

耳目雖然俱全
看不遠、也聽不清
只要有孩童繞膝
就管不了明晨——
　是蒸蒸昇華
或化為泥塵

二〇〇五・十・八

年老

一本書高擱已後
不知要到那年那月

拉起弓射出之前
找不到標的，也丟失了箭

聽風在林梢穿過
便隨著它，出神去遠

看夕陽落海的奇景
卻仰慕一顆顫顫的黃昏星

二〇〇三・二・二十四

如此一生

曾著有十冊詩、五本散文
卻不是學文出身
在研究所教書、指導論文
沒有戴博士金纓
緊扣著一隻手、不渝終身
只有那海天作証

二〇〇八・二・二十九

最後

沒有人會告訴我
最後的剎那會怎樣——
一段段的往事
像影片倒捲般急馳
一張張面龐
已連不起他們的名字
或是一聲聲地喚呼
遠如太空的傳播

我也不知道
最後是喜還是悲

或只是渾渾沌沌
隨著一隻金色的蜜蜂
在房中時現時隱
低徊流連，流連低徊
到最後，會不會
　向窗外疾飛
一去不回？

二〇〇四・十一・二十七

死亡是如此地沉靜

死亡是如此地沉靜
一塊黑大理石的冰冷
浮雕著欲言又止的雙唇
那氣息倏忽消逝
一匹白馬疾馳而過
名字、只是它的後塵

歡樂和痛苦、愛或恨
未完的戲、或半首詩
此刻都凝成歷史
假如還有未了的韻事

都可以撒手不管
兩手擺一個無奈之姿

青空還在、鳥聲還在
只是不需要再看再聽
花香不遠、恩情未了
從此可以不聞不問
這些都是塵世的騷音
不會再打擾沉睡的眼睛

二〇〇八・十・十五

墓誌銘

這裡趟著一個詩人
沒有桂冠，沒沒無聞
此刻他還在地下期待
繆司最後的回應

二〇〇六・十二・十六

夏菁

紫丁香盛開

紫丁香在園中盛開
一年一度的公時
那暗香飄走我的情思
撩人的還有她的色彩

一簇簇細緻的十字星
紫紅色平添浪漫的氣氛
僅僅也只有這麼幾天
色褪了還要等到明年

春天為何要向人挑戰
這麼短暫，卻這麼姣好
我不怕自己將衰、老去
只惋惜看花的日子更少

二〇〇三．五．三十

第二輯

與妳同行
——給C

從六十年前的邂逅
一路走來，妳還是那樣：
青梅羞澀的微笑
葡萄甜美的眼神
從風裡來，雨中去
不染一塵，你的純真

六十年在手指間溜過
說快樂也有傷心
說傷心也有慰藉

現在，現在都已經
遠颺，隨著鳥聲

走過了一甲子的距離
妳持續齊一的步子
我緊挽妳的纖指
手是粗糙了一些
愛，卻更加細膩

二〇〇四・九・二十一

一對烏溜溜的眼睛

一對烏溜溜的眼睛
曾經在海上、望晚雲
數飛鷗、看晨星
一片白茫茫的前程
忍著淚、背井離家
只為了一個他

這一對烏黑黑的眼睛
在一個小島上，曾經
目睹過不少風風雨雨
心中無悔也無懼
度過無數艱辛的日子
只為了一個字

也曾四海為家
這一對黑黑大大
看過黑白膚色、紅綠旗幟
扭曲的文字難以辨識
過不盡寂寞、懷鄉的日子
只為了兩個孩子

現在、過了一甲子的春秋
這對烏溜溜的、依舊
守著晨昏、守著諾言
相依為命、攜手並肩
像故鄉並立的一對雙塔
同向著一片晚霞

二〇〇八・七・十一

突然

像一場春雨，愛之來
一片突然的迷濛
又像一陣拂面
來自不知方向的和風
愛之來，飄忽不定
抓不住，望不見
想把它忘掉，卻絮絮地
又回到你的耳邊

為了一個側影
一聲風中的細語
使你日夜眷念

身邊的都視而不見
陶陶然，醺醺然
一忽兒憂，一回喜
愛之來，若詩的不期
在你半醒半睡之際

不論古今或中外
都圍繞這個中心
詩歌，小說，和戲劇
都用這個作腳本
不管是歡喜還是眼淚
或是海枯石爛，愛之來
如虹一般的燦爛

二〇〇四・一・四

偶然

億萬蝌蚪之中，那一隻
能登彼岸？這是偶然
還是萬幸？那時
你還不具意識
　沒有一點眉目
更無任何名字

丟了槳，拋去尾巴
一次成功地偷襲
傾吐自己，融為一體
　種下天演的爭辯
　　神學的謎解

這已經是個好的開始
一個渾沌的你

從此不肯也不甘寂寞
膨脹，日夜的膨脹
先用加法，後用級數
終久，成了一個星球
　排列物種的染色體
涵蓋古今的變異
然後，蓄意待發
醒醒睡睡，睡睡醒醒
一個活火山的假寐
　只待一聲春雷

二〇〇三・十二・十一

惘然

惘然像日落後的天色
氣氳迷漫，從四周合起
也像歷經滄桑的眼色
被水天染得迷離

惘然在沙灘上尋覓
昨日玲瓏的足跡
或看著手堆的雪人
無端端地溶掉眼鼻
惘然，掬起水中的影子
卻從十指間流失

在鬧市中找回記憶
知無結果，依然沉迷

不是痛，不是悲
不是恨，不是懊悔
一封遠年失落的尺素
一陣綿綿的細雨
一串拾不回的春秋
惘然像霧一般昇起
當你回首，坐在搖椅裡

二〇〇四・二・十四

必然

年少時感到神祕
老來卻深信無疑
這是必然：
　是水就流向大海
　是火就會熄滅

你若鳳凰般自焚
也不會永生
你跨進一道黑門
那邊卻沒有門柄
歸入黑洞，化入湮滅
從沒有人回來解謎：
　科學未能驗證
宗教只憑信任

沒有人可以規避
永恆許另有定義
信靈魂，飄泊不定
空盪盪一無所依
信輪迴，牛羊狗豬
雖然還腳踏實地
這一切確是神秘
超過我們的腦力

生有千萬種姿色
但它只有一種
它是必然，豈容懷疑
就看你是否從容？

二〇〇四・三・十一

有一個字

有一個字
使你像早春的稚蝶
繞著一個中心
　撲撲跌跌
　旋旋迴迴
卻總在它的外圍

有一個字
是夏初荷葉上
一顆圓瀅
滾滾散散

渾渾凝凝
使你捉摸不定

它也是秋天的紅楓
疏疏落落
冷冷瑟瑟
沒多久卻燃燒了
半山和天空

也是十月的初雪
飄飄忽忽
下下停停
落地無影無蹤
積久了你才相信

這一個字
曼妙輕盈
宜在你心中滋生
一旦說出
要比泰山還重
桃花潭水還深

二〇〇五・十二・二十五

風信子

風信子，風信子
提起你的名字
我就有不斷的遐思
當春風吹開三月的寒襟
你已守信地玉立亭亭
你的光彩曾媲美
海倫的髮絲
你再生的傳說
是希臘最早的故事
風信子，風信子

你對我卻有
另一種的暗示
說不出、只能會意
如早春的迷惘
夢後的癡疑
住者已矣，逝者已矣
如果一定要追問
我最多奉告如次：
向空中默誦一個名字
再想想以前那段
揮不去影子
茶飯不思的日子

二〇〇七・四・二十七

滿滿的一袋風

我有久藏的
口袋一隻
現在裝著空空
我早年的相思
寂寞的楓紅
和我的詩意
還沒有一個字

神話、不是
哲學、不是
刻骨的往事、是

但早已經消逝
現在剩下的只是
滿滿的一袋風
和白楊的瑟瑟

二〇〇八・八・五

六千年的擁抱
——一對義大利發掘的骸骨

時間在他們的擁抱裡
已消失了意義
六千年，只是昨天
當初是這般睡姿
現在還是

白骨相擁
還有什麼、在這個世間
更使人感動？
他們擁抱在傳說以前
歷史之前，也許

那時還沒有文字
沒有適當的語言

就是這樣一個擁姿
使人黯然拭淚
使人低頭沉思
他們的肢體語言
勝過、將愛說上一千遍

一首無言的傑作
不需要任何解說
在這種至死不渝之前
莎士比亞變得饒舌
我的更加靦腆

二〇〇七・三・九

海灘的回憶

那年我們在一片砂灘上
留下了一頁落日的回憶
我們的足跡被淹沒千萬次
只有風一如往昔

在這片無常的地帶
沒有什麼可以持久
馬鞍藤昨日還爬得高興
今朝卻一無蹤影
白砂丘也似一群鴿子
被晚風逐得無痕

遠處的岩石似陸地的腳趾
在試探海潮起伏的感情
而海，總是浩浩地無邊
像死亡一樣肯定

夾在陸地和海洋之間
一切是短暫和多變
一隻小蟹努力地爬上來
幾番、被浪潮退還
它給了我一點什麼啟示？
到如今不能忘懷

二〇〇八・二・五

校園一景

像一群野雁子
在冰天雪地的湖上
東西南北，熙熙攘攘
這些莘莘學子

他們撲朔迷離
在這料峭的春風裡
現在，還沒有方向
只在奔逐、嬉戲
但水在湖底
　已開始盪漾

二〇〇五・六・三

在詩的天空

——給詩人Y

你是胸中充滿
愛和歌的雲雀
我只是春蠶向晚
吐一段、少一段
我們同樣，想將
參差不齊、散落玉盤
的文字、串成珠璣
你的清麗飄逸
我的沈鬱凝重
竟有如此的差異

你處在春暖的三月
我則在十月的艷陽天
只有當好風吹起的一瞬
　風鈴丁丁作響
　風箏習習上升
我們才會在同一個
詩的天空、屏息凝神
去捕捉那一片
不可捉摸的白雲

二〇〇七・二・二十五

一幅背影

她不會回頭，為什麼
我卻久久出神？
一幅半裸的背影
如此深深吸引

她不會回眸一笑
永遠不會；我知道
不管我如何徘徊
或認真地默禱

一束馬尾的搖幌

青春氣息的波盪
一雙象牙的秀肩
浪漫中顯出古典
她真正的面目
誰能去補足？

永遠也不會回顧
我像和她見過
在夢回、在記憶
在上世紀的歲月裡
　她若真能回頭
　我更不堪回首

二〇〇八・十一・二十二

夜望星空

夜望星空
浩瀚無窮
但願他們都屬
輪迴的星宿

不論在世時他們
曾經辛苦一生
或僅驚鴻一瞥
現在他們都以
脈脈的星眸
觀照前塵

滄海一粟般地
守望著我們

在這星移斗轉之間
我要找出一張臉龐
和它星圖上的坐標
將來好飛去探訪

二〇〇八・九・三十

第三輯

後院採李子

枝條已經壓到了地面
一種成熟的長髮披肩
纍纍地透出紅潤的光彩
走過的都想伸手一採

她說：「這樹長在我們的籬內
果子卻也向鄰居低垂」
我暗想：大自然豈會分界限？
彼此分享是睦鄰的起點

她帶上手套，伸手要採

我說：「手套將造成一層隔膜
會失卻人和大自然的接觸
那種柔柔、溫溫地一握
一季的陽光和雨水才將之充足」

採了又採，禁不住地貪婪
將高高的枝條用力地拉下來
拉到像一隻隻弓的張開
當她說：「也要給知更鳥留一點」
剎那間、樹枝就反彈上青天

一隻黃蜂在頭頂迴繞
像是給我們一種警告
我答稱：「這樣也好，不用梯子
留一些給松鼠、留一些給孩子——

不要任意將他們的世界毀掉
也讓這棵樹漸漸地伸直了腰
來抵抗、雪的另一次壓倒」

二〇〇七・九・三十

誤會

我去花園中照料玫瑰
一隻黃蜂兇猛地向我衝來
好像非常憤怒、他向我示威
這是他的領域、豈容侵犯？

我不是存心去冒犯
他那塊丁點兒的天地
而且，花是我親手所栽
他豈能領會我的好意？

這樣的誤會、常充斥於天地之間
不去惹他、盼他今後會容忍一點

二〇〇七・九・十四

路旁的知更

一隻褐腹的知更
在路旁啄一條蚯蚓
我走過時他只抬一抬頭
不願放棄他的戰利品

我下意識地拍一下手
他只是倒退了幾寸
似乎不甘放棄他的美味
重拍時，他才直飛樹頂

我不知為甚要如此

和他去計較或相爭
這可能是人類的優越感
做什麼事都恣意任性

後來，我到遠處窺探
他會不會再回來找尋？
也許，他不齒我的作為
讓我的歉意，無處可申

二〇〇九・八・十三

Alpine的神祕

在林木的生長線以上
Alpine有一片神祕
常常躲在雲裡
這片起伏連綿的草原
猶如卡什密爾羊毛的柔軟
現在沒有風，靜靜地
只有一隻兀鷹在半空盤飛

或許還有一隻迷途的鹿
東探西望，找不到歸路
我好像聽到他的心跳

撲通、撲通、撲通
豈是高海拔上我心的激動？

不久，厚厚的白雪
會將它全部蓋起
沒有生命、也沒有氣息
直等到有一聲
長喇叭的奏鳴
來自西藏或阿爾卑斯之巔
——天使在喚醒春天

二〇〇九・一・七

樹：七行四首

【一】

你注意過嗎？
山崗上有一棵獨立的雪松
在熱烈地擁抱太陽
吐氧吸碳，摒雨擋風
上帝恩賜的綠傘
呵護著一方的鳥獸和風景
一個環保的哨兵

【二】

你聽到過嗎？

季節風以每秒十公尺的高速
橫掃一排排木麻黃
整座的防風林。那聲音
像擂鼓、像巨浪
一批吶喊的千軍
他們是海灘上捍衛的一群

【三】

你看到過嗎？
溪流中的那些鱒魚
向上摶，向上躍
在急湍中激起彩虹
只為了追尋一個夢
去上游繁殖、衍生
回到那片庇護的白楊林

【四】

你想到過嗎？
在崇山峻嶺之上
那些扁柏和紅檜們
默默地像一批高僧
高瞻遠矚、置身雲泥
把今日的風雨記在心裡
記在年輪，為歷史作証

二〇〇九・一・一

池沼

春水漫溢的時刻
你是一泓盈盈
晚秋進入旱季
尚有鳴蛙、流螢

當四周長滿了濃鬱
一隻長睫毛的眼睛
當樹葉繽紛落完
露出一面明鏡

你是林間的緩衝

大自然的變調
翡翠中鑲嵌的晶鑽
鳥獸的依靠
沒有你，變得乏味
有了你，可靜觀返照

二〇〇九・三・十四

砂丘

即使靠近海
你也不學波濤的驚駭
你有你獨特的曲線
柔和、圓潤、規律
一種女性美的呼吸

即使，狂風會使你變形
加上人們的頑跡
即使，海潮在寸寸入侵
高樓又節節地進逼
現在，呈現在我眼前的

是屬於你自己的一片
原始、金黃、和諧
當朝陽透出一線

二〇〇九・四・二十六

夢想的小溪

在卵石與卵石之間
帶著潺潺的節奏
載著滿懷希望
不慌、也不忙
專心向一個方向

專心向一個方向
當寒冬剛從結晶中解放
樹根從春水中滋養
帶著一個明天
一邊走，一邊唱

不需高溫的蒸騰
不需驟雨的猖狂
更不需約束的堤防
這般潺潺、溫和的小溪
是我們的夢想
不論從合歡流向濁水
或唐古拉下注長江

二〇〇九・七・九

林邊的爭吵

森林和農民在邊界爭吵
森林說：請你們不要砍掉
我們的軀幹或手足
只為了你們的炊事和口福
就是你們的立足之地
也是我們祖先謙讓的美意
知道嗎？我們是世界的肺
也供給你們新鮮的氧氣
我們有金雞納霜的原料
也能使地球的高熱退燒
我們的庇陰、密密濃濃
保護著稀有的鳥獸和昆蟲……

不等說完，農民就反駁：
我們開拓此地，胼手胝足
現在連三餐都還不濟
起碼的生存是我們權利
這社會已將我們遺棄
將我們擠到邊際之地
只能顧及眼前的生存
管不了將來子孫的環境
不懂你們唱的是什麼高調
都是城裡人吃得太飽

這樣的爭吵一時不會止息
我不時聽到——
沉沉的鋤聲和森林的嘆息

二〇〇八・七・十

這幾天都在等待

這幾天都在等待
白晝和夜夢之際
有意或無意之間
等一場春雨的洗滌
一角青天的突破
或奇蹟的忽現

現在才知道
等待是何等地煎熬
何等地無奈
一種深淵的苦挨

如此地寢食難安
如此刻骨，千里以外

在千里以外
從落磯山兩洋的分水嶺
我向西逼視，雙眼失神
看一重重雲霧的未散

二〇〇四・四・五

莫邪

莫邪劍被埋沒以後
這塊土地上
就丟棄了秤砣
噬斷了臍帶
焚燒了詩書和禮儀

錚錚的聲音已經消沉
代之以爭爭不休
閃閃的青光已經不再
只留下黑霧迷漫
佩劍者受盡譏嘲

不若賣假藥的逍遙

莫邪，莫邪，為劍殉身
如今連傳說也遭摒棄
黃鐘杳杳，詭計森森
莫邪，莫邪，何日重現
這千古浩然的一劍
　在這風雨如晦之際

二〇〇四・五・二十四

註：傳說吳王闔閭命干將鑄劍不果，妻莫邪捨身投爐而成；使命，至情，勇於奉獻，
和今日一般風氣，成一對比。

早春的信息

在一個陰霾不開的清晨
煙囪上傳來一陣陣急叩聲
我知道這是一隻久違的啄木鳥
發出今年第一個信號

他看到什麼，我還感不到
許是蠢蠢的萌意已透樹梢
昨晚，剛下過一陣薄簿的雪珠
今朝怎麼會變得特殊？

我知道：春天終究會來到

如此迅捷，卻從未預料
感到愉悅但不像年輕時的心慌
去擁抱新一季的韶光

二〇〇八・三・二十七

哀哀眾生

——悼南亞海難

黑鷹在晴空急轉
眾獸爭相避遁
它們嗅到、感到什麼？
人類卻不能

地球的一陣劇痛
觸及萬物的神經
人們還在海灘嬉戲
不知下一秒的致命

這萬物之靈
豈不徒有虛名？
遭到如此浩劫
竟然一無預警

誰在保護他們？
宗教還須說明
我們的智慧、財源
卻在另一方耗盡

二〇〇五・二・二十八

瞬間的浩劫
——四川大地震

山搖地撼
石破天驚
這瞬間的板塊移位
使全球震駭、上蒼落淚

母親捨命保女嬰
留言：記住，我愛你
學童截肢保性命
哀求：留隻寫字的右手
如此悽慘的一幕幕

不忍想、也不忍睹

對大自然的浩劫
無法預告、感到無奈
我們雖然常常自豪
一秒鐘可以計算幾兆

不忍想、也不忍睹
這致命的三天已過
在我們血濃於水的內心
無時無刻不在關懷
這些日漸微弱的呻吟
雖在千里以外

二〇〇八・五・十七

看人力能否勝天？

——為八・八水災而寫

五十年前，我參與
八・七水患的救災
彰化的許厝寮
像世界末日，村屋全埋
那片石礫、那片死寂
不時還映在我的腦海

現在，又有八・八的大難
濁浪、殘橋、道路寸斷
山崩、地裂、土石掩埋
小林、大武、那瑪夏、知本

林邊、桃源、太麻里、霧台
像是朝晚念念不忘的經文

大地是滿目瘡痍
救災的滿腔熱血
倖存者滿面愁容
我則是滿眶熱淚，無奈
身在域外

這是世紀的天災——
一年的雨量落在幾天之間
不要爭執、不要指責
不分上下、不分旗幟
做好善後、家園重建
看人力能否勝天？

二〇〇九・八・十五

後記

寫詩是寂寞的。在世俗的眼裡，詩人並不受人尊敬。在這個五光十色的時代，讀書、看報的人已很少，更不要說是欣賞詩了！尤其是身處海外四十年的我，缺少詩友的鼓勵，又乏讀者的認同。一個人踽踽獨行，摸索前進。假如沒有一點信心、沒有一點執著的話，可能早已捨棄繆司，追求其他了！

寫詩本來就是很孤獨的。要自出機抒，不能人云亦云。要不受時尚的影響，不為世俗所干擾，不被環境所汙染。天地之間，由我徜徉；清風明月，任我描抒。所幸，我的本性傾向獨立，喜歡走自已的路、唱自已的歌。不喜歡什麼合唱，尤其是唱規定的調子。半世紀前，我和余光中等發起成立〈藍星詩社〉，就是在提倡詩人要抒發一己的心聲，不受政治的驅使。我們雖有一個詩社，並無教條，只是在營造一個環境，互相觀摩激盪而已！

我個人也不願追逐時髦，當大夥鍾情晦澀或朦朧之際，我提出簡約和可讀性；當別人模倣後現代派的詩作，我仍我手寫我心。我認為西洋詩派的產生，各有其時代及社會背景，我們不必亦步亦趨。我認為：個人是文化傳統及社會時代的產物，每個詩人寫詩只要忠於自已，綜合起來，就可以傳達這個時代的感覺和心聲。我們不必要鸚鵡學舌！

這本集子中的五十五首詩，都是在孤獨、寂寞、具一點自信的環境中產生。這些都是〈雪嶺〉以後近六年來的作品。數量不多，卻堅守了我五十多年前說過的諾言：「詩，在我是終身的追求。」至於，究竟追到了什麼？只有請讀者去判斷。

本集共分三輯。第一輯寫的都是對詩藝的追求、對時間的感受、以及對自己心靈的描述。共佔全集的四成多。其中〈獨行〉、〈紫丁香盛開〉、〈貓頭鷹〉、〈窗前的白楊〉、〈天籟〉、〈車過冰湖〉、春夏秋冬四首，以及〈八十是一片彩雲〉等等都是其中的代表。第二輯是寫愛、寫情、寫友誼、寫人生的過程。〈與妳同行〉、〈突然〉、〈惘然〉等四首、〈六千年的擁抱〉、以及〈有一個字〉等都具代表性。最後一輯、都是寫環保、寫自然、寫對時局的觀感、以及災害的反應。〈後院採李子〉、〈路旁的知更〉等等屬於環保；〈這幾天都在等待〉、〈莫邪〉、和〈早春的信息〉都是對臺灣大選及當時社會的反應。最後三首，是寫南亞、四川、以及寶島最近的天災。至於詩的日期，多數以發表的年月日為準。

以上這些詩，幾乎全部都已在北美〈世界日報〉、臺灣〈中華日報〉、以及臺灣、香港、和美國的期刊、如〈文訊雜誌〉、〈乾坤詩刊〉、〈台灣詩學〉、〈藍星詩學〉、

〈詩網絡〉和〈詩天空〉等陸續發表過。對於這些報紙的副刊主編、詩刊的編輯，我在此向他們致最誠摯的敬意。最後，秀威資訊科技公司願意出版此集，在這書市清淡之際，他們的眼光、抱負、做法，及盛意，實令我感佩不迭！特此誌謝。

夏菁

二〇〇九・八・十七　於可臨視堡

國家圖書館出版品預行編目

獨行集/ 夏菁著 . -- 一版. -- 臺北市 :
秀威資訊科技, 2010 .1
面； 公分. -- (語言文學類；PG0323)

BOD版
ISBN 978-986-221-373-5(平裝)

851.486 98023479

語言文學類 PG0323

獨行集

作　　者 / 夏　菁
發 行 人 / 宋政坤
執行編輯 / 林泰宏
圖文排版 / 郭雅雯
封面設計 / 陳佩蓉
數位轉譯 / 徐真玉　沈裕閔
圖書銷售 / 林怡君
法律顧問 / 毛國樑　律師
出版印製 / 秀威資訊科技股份有限公司
台北市內湖區瑞光路583巷25號1樓
電話：02-2657-9211　傳真：02-2657-9106
E-mail：service@showwe.com.tw
經 銷 商 / 紅螞蟻圖書有限公司
台北市內湖區舊宗路二段121巷28、32號4樓
電話：02-2795-3656　傳真：02-2795-4100
http://www.e-redant.com

2010 年 1 月 BOD 一版
定價： 180 元

讀　者　回　函　卡

感謝您購買本書，為提升服務品質，煩請填寫以下問卷，收到您的寶貴意見後，我們會仔細收藏記錄並回贈紀念品，謝謝！

1.您購買的書名：______________________

2.您從何得知本書的消息？

□網路書店　□部落格　□資料庫搜尋　□書訊　□電子報　□書店

□平面媒體　□ 朋友推薦　□網站推薦　□其他__________

3.您對本書的評價：(請填代號　1.非常滿意 2.滿意 3.尚可 4.再改進)

封面設計____　版面編排____　內容____　文/譯筆____　價格____

4.讀完書後您覺得：

□很有收獲　□有收獲　□收獲不多　□沒收獲

5.您會推薦本書給朋友嗎？

□會　□不會，為什麼？______________________________

6.其他寶貴的意見：______________________________

____

____

____

讀者基本資料

姓名：__________________　年齡：______　性別：□女 □男

聯絡電話：______________　E-mail：__________________

地址：______________________________________

學歷：□高中(含)以下　□高中　□專科學校　□大學

□研究所(含)以上　□其他______________

職業：□製造業 □金融業 □資訊業 □軍警 □傳播業 □自由業

□服務業 □公務員 □教職　□學生 □其他__________

請 貼
郵 票

To：114

台北市內湖區瑞光路 583 巷 25 號 1 樓

秀威資訊科技股份有限公司　　　收

寄件人姓名：

寄件人地址：□□□

(請沿線對摺寄回,謝謝!)

秀威與 BOD

BOD（Books On Demand）是數位出版的大趨勢，秀威資訊率先運用 POD 數位印刷設備來生產書籍，並提供作者全程數位出版服務，致使書籍產銷零庫存，知識傳承不絕版，目前已開闢以下書系：

一、BOD 學術著作—專業論述的閱讀延伸
二、BOD 個人著作—分享生命的心路歷程
三、BOD 旅遊著作—個人深度旅遊文學創作
四、BOD 大陸學者—大陸專業學者學術出版
五、POD 獨家經銷—數位產製的代發行書籍

BOD 秀威網路書店：www.showwe.com.tw
政府出版品網路書店：www.*gov*books.com.tw

永不絕版的故事・自己寫・永不休止的音符・自己唱